PAINT BLOOD

DAVID WILLER

Mon nom est Jack Lewis. J'étais un artiste-peintre âgé de vingt-sept ans avant que ma vie ne devienne un tourbillon d'événements tragiques. Beaucoup de gens vous diront que j'étais un garçon intelligent, discret, sensible et sans histoire, voué à une grande carrière et d'autres un mauvais garçon pas très fréquentable, fragile psychologiquement et qui ne furent pas très étonnés des événements qui vont suivre. Quoi qu'il en soit réellement, je vais vous raconter mon histoire.

1

Vernissage, Galerie d'art, le 14 décembre 1987, Londres.

À cette époque, tout allait bien pour moi. J'étais épanoui au niveau de ma carrière d'artiste-peintre et je vivais avec ma charmante copine, Céline. Nous nous étions rencontrés à un des vernissages que je présentais. Elle était tombée sous le charme de mes œuvres et du mien par la même occasion. Je n'avais vraiment pas à me plaindre. Nous vivions une idylle parfaite. Céline était une personne attachante, au physique atypique, de taille moyenne. Ce soir là, elle portait une magnifique robe noire et de grosses boucles d'oreilles qu'elle affectionnait. Elle ressemblait à une starlette de cinéma.

En cette soirée, je présentais donc mes nouvelles œuvres. Nous étions dans une immense salle. Mes tableaux étaient exposés tout autour de nous. C'était pour moi une grande fierté. Ça représentait toutes ces années de galère et d'acharnements qui étaient enfin reconnues.

Beaucoup de gens importants étaient présents ainsi que de nombreuses personnes de la presse pour couvrir l'événement. La directrice de la galerie, madame Clinton, critique d'art à ses heures était aussi présente. C'était une petite femme forte assez âgée qui faisait très bourgeoise. Elle s'affichait souvent en portant des bijoux grossiers et tape à l'œil. Elle me fit signe au loin et se faufila entre les invités pour me rejoindre :

- C'est un très beau travail Jack ! Vos toiles ont fait mouche ce soir.

- Je vous remercie madame Clinton.

- Je pense que c'est sûrement l'une de vos plus belles collections. Vous avez su faire ressortir une telle beauté de ces peintures !

J'attrapai une coupe de champagne sur le plateau d'un des serveurs qui passait à côté de moi et la bu presque d'une traite. Elle me regarda et continua :

- Je vois que vous êtes toujours autant porté sur la boisson ! Encore heureux que cela n'affecte pas votre talent, autrement je serais dans l'obligation de vous renvoyer !

Je la regardais pensif et ris jaune :

- Encore heureux ... Maintenant si vous le permettez, je dois aller voir mes invités.

A ces mots, je rejoignis mes invités et me

dirigeai vers Céline, venue me soutenir, pour lui donner un baiser.

2

Appartement de Jack, le 2 avril 1988, Londres.

Plusieurs mois s'étaient écoulés depuis mon dernier vernissage. Ma relation avec Céline était devenue très difficile et j'en souffrais beaucoup. Notre couple battait de l'aile. Je tenais énormément à notre relation, mais parfois, vous pouvez faire tous les efforts du monde, quand ça ne marche pas d'un côté, il n'y a plus rien à faire. Je rentrais donc en cette fin d'après-midi pluvieuse chez moi et je vis plusieurs sacs à l'entrée et surpris Céline à en remplir un énième :
- Je peux savoir ce que fait le camion de ton frère dehors ?

Elle me regarda, silencieuse. Prenant sur moi et mettant une pointe d'humour dans ce moment gênant je rajoutais:
- Je ne savais pas qu'on faisait vide-grenier aujourd'hui...

Elle me regarda droit dans les yeux et me répondit :
- Tu ne devais pas rentrer avant une heure !
- Désolé, j'ai fait foirer ton évasion.

Elle prit son carton sous le bras et continua :
- Écoute n'en fais pas toute une histoire

d'accord. Tôt ou tard, ça devait nous arriver.
Je me rapprochai d'elle. Elle continua :
   - Ce n'est pas comme si l'on avait envisagé le mariage hein… Et tu as changé depuis.
   - Mais tout le monde change ! lui dis-je d'une voix calme et posée.
Nous nous regardions, yeux dans les yeux, et elle poursuivit :
   - Tu sais quand ça allait entre nous, c'était vraiment génial. Ça compte beaucoup pour moi.
Je lui dégageai une mèche de cheveux qui se tenait devant son beau regard azur. Ce regard que je ne verrais plus… Elle approcha ses lèvres des miennes pour un dernier baiser, mais je levai la tête au dernier moment et l'embrassai sur le front. Gênée elle finit :
   - Ouais... merci
Elle me regarda une dernière fois et ferma la porte de l'appartement. Cet appartement que nous avions choisi pour faire notre vie ensemble, où nous avions envisagé de concrétiser de nombreux projets ensemble. Il faisait déjà tellement vide sans elle...

   Après ce jour-là, rien ne fut jamais pareil. Je n'avais rien laissé transparaître, mais cette rupture m'avait fait beaucoup plus de mal que je ne l'admettais. Les jours et les semaines qui suivirent furent sombres et noirs. Je n'avais plus goût à rien. Je tombais petit à petit dans un tourbillon dépressif. Je ne me nourrissais plus.

Je dormais très peu, ressassant sans cesse, essayant de comprendre mes erreurs.

Je n'arrivais plus à peindre, comme si une partie de moi, ma meilleure partie, s'en était allée en même temps qu'elle. Plus les jours passaient, plus je sombrais dans le vice de l'alcool, ressassant davantage cette rupture douloureuse. Les cadavres de bouteilles s'empilaient de plus en plus chaque jour. Peu à peu, je devenais l'ombre de moi même.

Il est vrai que certaines ruptures sont moins importantes que d'autres, mais quand vous pensiez concrétiser beaucoup de choses avec une personne, votre premier véritable amour, et que tout s'écroule, c'est parfois tout votre monde qui s'écroule avec lui. Vous avez parfois l'impression que l'autre est partie avec une partie de vous-même.

Je sais que la suite n'excuse en rien tout cela, mais comprenez que j'ai passé toute mon enfance à être trimballé de foyer en foyer sans aucune attache, aucune réelle affection. J'ai grandi sans famille. J'ai été comme qui dirait abandonné très jeune et c'est une blessure que je garderai toute ma vie. Je pensais construire cette famille que je n'avais pu avoir jusqu'à maintenant avec elle, mais désormais ce n'est plus possible. J'ai l'impression d'avoir à nouveau été abandonné. On dirait toute l'histoire de ma vie. Pour moi, la descente aux enfers commençait...

3

Galerie d'art, le 10 Mai 1988, Londres.

Je décidais tant bien que mal de remonter la pente. Je retournais donc à la galerie voir Mme Clinton afin de retrouver du travail. Je n'étais pas très soigné, mal dans ma peau, manquant d'hygiène et sentant fort l'alcool. Je portais des vêtements tachés de peinture et de nourriture. J'avais changé d'apparence physiquement. Mes cheveux étaient plus longs, gras et sales et je portais une barbe de plusieurs semaines. Pas vraiment idéale pour chercher du boulot me direz-vous. Je comptais sur ma bonne étoile à ce moment-là et je me moquais totalement de ce que l'on pouvait bien penser de moi. Je me dirigeai au bureau d'entrée m'adressant à la jeune secrétaire qui s'y trouvait :
    - Bonjour, j'aimerai m'entretenir avec Madame Clinton s'il vous plaît.
    - Un instant s'il vous plaît … De la part de qui ?
    - Jack. Jack Lewis !
La secrétaire décrocha son téléphone et l'informa de ma présence. Avec un grand sourire, elle m'annonça :
    - Un instant, elle va arriver !
Je vis madame Clinton descendre les escaliers

en me regardant, souriante :
- Jack, Jack, quelle surprise ! Entrez donc dans mon bureau.

Je la suivis donc dans son bureau rempli de plusieurs pièces de collections ainsi que de vieilles affiches des plus grands vernissages qu'elle ait eus. J'aperçus même une affiche d'un de mes anciens vernissages. Cette dernière me rappela un bref instant la personne que j'avais été. Elle continua tout en me regardant fixement :
- Comment allez-vous Jack ?
- Ça va, merci.
- J'ai bien failli ne pas vous reconnaître avec votre nouveau look.

Je ne prêtai pas attention à sa dernière remarque et n'y allant pas par quatre chemins, je continuai :
- Écoutez, j'ai besoin de travailler…
- Ce dont vous avez besoin dans l'immédiat c'est d'une bonne douche.

Mal dans ma peau et sachant pertinemment que c'était la vérité je restais silencieux un moment et repris :
- Je vous en prie …
- Bon écoutez, vous avez fait forte impression avec votre dernier vernissage, mais il remonte à plusieurs mois maintenant. Prenez-vous en main et je vous promets une exposition dans deux mois.

Heureux de cette proposition, je lâchais un

sourire. Cela ne m'était pas arrivé depuis déjà quelque temps :
- Merci. Merci. Je vous promets que vous ne le regretterez pas.
Je la remerciai encore une fois et partis me mettre au travail.

C'était la meilleure chose qui m'était arrivée depuis des mois, depuis que Céline m'avait abandonné… Je décidais de mettre ces idées noires de côté pour ne pas me perturber dans ma tâche.

4

Appartement de Jack, les jours qui suivent, Londres.

Je rentrai, limitai ma consommation d'alcool et commençais à peindre des toiles à la hauteur de ce qu'attendait madame Clinton. J'avais énormément de mal à trouver l'inspiration nécessaire. Certains jours, je balançais tout dans mon appartement tellement l'inspiration ne me venait pas. Je me surprenais même à avoir des excès de colère ou à être agressif, voire même violent avec les gens que je côtoyais. Je changeais malgré moi. Beaucoup de choses me tourmentaient. J'arrivai tout de même, après quelques semaines, à honorer les délais et présentai mes nouvelles œuvres.

Quelques semaines plus tard...

Madame Clinton sonna à ma porte pour voir les tableaux qu'elle m'avait demandés. Elle entra et jeta un œil à mon appartement, curieuse de savoir où j'habitais. Elle se dirigea sans un mot vers le mur du fond et regarda mes toiles :
- Oui, c'est assez… Comment dire…

Gentillet.
- Ah ! Je les espérais plutôt… Ironique.
Madame Clinton poussa un ricanement et poursuivit :
- Oui, c'est vrai, très ironique. Vous savez Jack, je préférais votre période d'alcoolisme, votre travail avait plus de passion…
Un peu blasé, je continuais :
- Vous m'aviez promis une exposition…
Tout en continuant de regarder mon appartement, elle ajouta :
- Et puis je suis sûr que cet endroit deviendrait facilement confortable et chaud si vous faisiez un petit effort pour le transformer.
Je poussais un soupir et lui avoua le cœur lourd :
- J'ai travaillé dur, jour et nuit, pendant deux mois entiers, et ça, parce que vous m'aviez promis une exposition si je vous apportais des toiles maintenant. Du nouveau…
- Pas seulement du nouveau, attention, du nouveau et du talent ! Écoutez, si c'est l'argent qui vous embête, j'aurai toujours du travail pour vous à la galerie. J'ai un vernissage de toiles de primitif russe dans deux semaines, vous pourriez donner un coup de main…
Je soupirai. Déçu et à la fois en colère d'être traité de la sorte, je restais figé, m'imaginant attraper le marteau posé à côté des nombreux pots de peinture et le lui planter d'un bon coup dans la tempe.

« *Je voyais sa vie s'en aller de son corps et cette scène avait pour moi quelque chose de très beau...* »

Elle me sortit de mes pensées en m'appelant à plusieurs reprises :
    - Jack. Jack ! Je n'ai pas toute la journée. Est-ce que vous acceptez, oui ou non ?
J'acceptai.

5

Salle de soutien psychologique, 20 juillet 1988, Londres.

J'assistais depuis quelques mois à ce genre de réunion. Les gens venaient nombreux et racontaient leurs problèmes en tout genre. Certains venaient raconter leurs combats et leurs dépendances face à la drogue, d'autres racontaient leurs excès de violences face à leurs amies, collègues ou conjointes.

Ce jour-là, et pour la première fois je pris la parole, expliquant mon histoire devant un petit groupe d'une dizaine de personnes assises face à moi. Je leur racontais l'envie qui m'avait pris de tuer madame Clinton :
- J'aurais été très content de la tuer !
Ajoutais-je.
- Oui, mais vous ne l'avez pas fait. Vous avez affronté vos démons. Vous avez réussi à les faire taire et vous partager vos victoires avec nous. Bien sûr, nous sommes tous très fiers de Jack ! conclut la psy du groupe.
Toutes les personnes face à moi applaudirent pour m'encourager. Elle rajouta avant la fin :
- Et n'oubliez pas que notre force, c'est d'être tous unis.

Toutes les personnes présentes dirent en cœur :

« Nous allons nous en sortir et ça nous donne la force d'affronter une autre journée. »

La psychologue conclu :
- Bravo les amis ! Allons, à la semaine prochaine !
Tout le monde se leva en discutant de ce que je venais de confier. Une jeune femme resta assise en me fixant du regard. Je la regardai à mon tour, pris mes affaires et m'en allai. Je me dirigeai vers ma voiture et ouvris la portière arrière pour y déposer mes affaires. La jeune femme qui m'avait fixé du regard quelques minutes plus tôt me rejoignit :
- Vous êtes terriblement exigeant envers vous-même … me dit-elle.
Je me retournai vers elle :
- Vous trouvez ? Ah ben sans souffrance on ne crée pas !
- Vous croyez vraiment ce que vous dites ?
- Je suis complètement fauché depuis un an. Je n'ai rien réussi à vendre depuis un an.
Souriante et pleine de vie elle me répondit :
- Ce qu'il vous faut c'est un modèle qui vous inspire.
- Je croyais qu'il fallait se tenir à l'écart des gens qui avaient des relations obsessionnelles ?
- Où est-ce que vous allez chercher cette idée d'obsession ? J'aimerai juste aider ce

fascinant jeune homme qui est Jack à se sentir mieux dans sa peau. A lui montrer qu'il existe de belles choses dans la vie.
 Je la regardais tout en souriant bêtement. Je lui demandai son prénom. Elle s'appelait Charonne. Elle avait un visage d'ange et était âgée tout comme moi de vingt-sept ans. Elle respirait la douceur et la gentillesse. Cette jeune femme allait peut-être devenir l'étincelle qui redonnerait de la lumière à ce tableau sombre qu'était ma vie. Charonne décida de venir chez moi afin de me redonner l'inspiration qui m'avait manquée au cours de ces derniers mois.

6

Appartement de Jack, le 20 Juillet 1988, Londres.

Charronne découvrit mon appartement. C'était un très grand appartement sans pièce séparée comme un loft, mais pas très bien meublé. Mes pinceaux ainsi que du matériel de peinture étaient éparpillés aux quatre coins de l'appartement. Elle prit place sur un tabouret près d'une fenêtre et commença à prendre la pose. Je pris mes pinceaux et ma peinture et je me plaçais devant ma toile.
- Tournez-vous vers les fenêtres, lui dis-je, très concentré.
- Vous préférez ça ?
La jeune femme sortit une jambe de sa robe pour prendre la pose. Elle arborait un large sourire. Je jetai mon pinceau sur la table, blasé. Je prenais ça très au sérieux et puis, à dire vrai, je n'avais pas vraiment la tête à ça. La jeune femme me regarda sans comprendre et remit sa jambe sous sa robe. Je me dirigeai vers la cuisine, tout en lui demandant :
- J'ai besoin d'un verre, vous en voulez un ?

Je n'ai pas grand-chose, seulement de l'eau.
La jeune femme, toujours dans
l'incompréhension, répondit :
- Ah euh, oui… de l'eau c'est bien.
Je lui tendis son verre d'eau, approcha un
fauteuil pour m'installer face à elle. Je me
confiais :
- Cet endroit me dégoûte.
- Alors pourquoi vous y habitez ?
- Je n'en sais rien. Au début, je le trouvais
romantique … Mais plus aujourd'hui.
Essayant de me redonner courage et espoir
elle continua d'une voix calme et posée :
- Ne renoncez pas Jack. J'ai vu que vous
luttiez… Nous l'avons tous remarqué et ça, c'est
vraiment bien. J'admire vos efforts. Bon, il faut
que j'y aille.
Elle se leva, me fit une bise et se dirigea vers la
porte. Elle l'ouvrit et ajouta :
- Vous êtes en train de gagner. Ce qu'il y a
de négatif en vous ne ressort que si on le veut.
À demain !
Surpris, je lui demandai :
- À demain ? Pourquoi ?
Elle me regarda et me dit avant de fermer la
porte :
- Je repasserai tous les jours.
Je la regardais s'en aller, le sourire aux lèvres.
Malgré mon excès d'humeur, elle m'avait
redonné le sourire et une sensation de bien-être
que je n'avais pas ressenti depuis un petit

moment. Je décidais de me reposer quelques heures.
Je fus réveillé par le voisin du dessous avec sa musique assourdissante quelques heures plus tard. C'était une musique qui ressemblait à du métal hard rock, à première vue.

Je me dirigeai vers la salle de bain pour me rafraîchir un peu, regardai l'heure et repris la peinture. Il était un peu plus de 22 h. J'avais finalement dormi de longues heures. Je fixais du regard le tabouret où était assise Charonne, l'imaginant reprendre la pose. Le boucan que faisait la musique me dérangeait pour travailler. Énervé, je jetais mon pinceau sur ma table de travail et me dirigeai vers ma fenêtre, que j'ouvris, pour passer sur l'escalier de secours. Je vis sur ce même escalier un homme d'une trentaine d'années au style punk assis à boire sa bière, la fenêtre grande ouverte. Il était vêtu d'un jean troué, d'une veste en cuir et de grosses chaussures noires avec des pointes en métal dessus. De nombreuses chaînes étaient attachées à son pantalon. C'était un homme de grande taille qui avait les cheveux longs et frisés et qui était rasé sur les côtés. Je me penchais et l'interpellai :

- Hé. Hé ! Arrêtez de faire ce boucan !
L'homme m'ignora et continua à boire sa bière. Je m'énervais :

- Tu l'arrêtes ta musique, elle me gêne,

t'entends !
L'homme me regarda, rentra chez lui et éteignit la musique pendant quelques secondes et la remit de plus belle puis ressortit.

   - Hé, si tu te fiches de moi je descends l'arrêter ta musique !

Il me regarda en se penchant en arrière adossé à la rambarde, rigola et imita le solo de guitare que diffusait la musique.

   - Je t'ai averti hein ! Continue à faire l'idiot !

Je me penchais à mon tour pour lui dire que j'allais finir par descendre éteindre moi-même sa musique, quand, par accident, je fis tomber un des pots de fleurs, qui tomba directement sur sa tête entraînant sa chute. Je commençais à vouloir descendre pour l'aider, mais je me stoppai net, regardant la scène ou plutôt, le tableau, que ça pourrait faire. Je trouvais ça magnifique. À la vue de ce cadavre, l'inspiration me revenait. Je descendis dans la rue avec mon polaroid par l'escalier de secours et pris des photos du corps, de sa position, de son expression et pris un peu de sang dans un récipient pour peindre le tableau.

   Après m'être débarrassé du corps je rentrais chez moi peindre cette œuvre qui me hantait. Après l'avoir terminé, je me dis à moi-même :

« Il est très réussi. Mais qui voudra me l'acheter ? »

Je m'essuyais les mains et feuilletais une revue d'art que j'avais sur ma table basse. Y étant abonné je recevais ces revues d'art chaque mois. Je tombais sur un article fort intéressant. Un millionnaire excentrique du nom de Mayflower, collectionneur de photos et d'œuvres morbides. Je m'intéressai à lui et décidai de lui rendre une petite visite le lendemain, avec mon tableau, pour voir s'il pourrait lui plaire.

Villa Mayflower, le 21 juillet 1988, 10h, Londres.

J'arrivai dans une grande et magnifique propriété. De belles haies entretenues entouraient la demeure. De petites haies et arbustes étaient taillés en forme d'animaux et de personnes. Contemplant ce magnifique jardin, je me dirigeai tranquillement vers la porte. Un majordome m'ouvrit. Je me présentai et donnai la raison de ma venue. Il me fit entrer. Je découvris un hall puis un salon spacieux décoré de nombreux objets d'art. La plupart des objets étaient d'une telle rareté qu'il avait dû mettre énormément de temps et d'argent pour pouvoir se les procurer. Il y avait beaucoup de fenêtres. Les murs étaient blancs, ce qui donnait encore plus de profondeur aux pièces. Je patientais en attendant l'arrivée de mon hôte dans le salon et contemplais les photos morbides exposées sur le mur. Il y avait d'immenses photos accrochées un peu partout en très grand format. Beaucoup de photos de guerre où l'on pouvait voir des gens estropiés, des corps brûlés, des enfants amputés, etc.… Drôle de décoration me direz-vous, mais après l'avoir rencontré, cette décoration lui ressemblait parfaitement.

Malcolm était un homme énigmatique et fier de son immense fortune. Il se sentait intouchable grâce à elle et l'on sentait que pour lui, les gens devaient être à sa merci et ne devaient en aucun cas lui refuser quoique se soit. C'était malgré tout un homme élégant de grande taille, coiffé en brosse. Toujours impeccable sur lui.
Ce dernier arriva derrière moi avec une coupe de champagne à la main.

- Remarquable n'est-ce pas ? La plus grande collection morbide rassemblée chez un particulier dans le monde.
- Je pari que vous avez eu des problèmes pour les réunir, lui répondis-je, curieux.
- Plus que vous ne le croyez. Alors ? Vous disiez avoir un tableau qui pourrait s'y ajouter ?
- Je n'en sais rien. Mais c'est le style.
- Ne me faites pas attendre. Faites voir ce que vous avez.

Il s'assit sur son canapé. J'ôtai le chiffon de ma toile et le calai entre les coussins du fauteuil en face de lui. Il s'écria :
- Oh!!!

Surpris, et me posant pleins de question je lui posais la première qui me vint à l'esprit :

   - Ça vous plait ou non ?

   - Non ! Non ça va au-delà… Regardez attentivement autour de vous, voyez les moments les plus ignobles de votre siècle. Dans les coffres du sous-sol, j'ai encore des milliers de photos. Elles sont terribles, elles sont cruelles, mais il leur manque une chose. Une chose absolument capitale à mes yeux. La touche de l'artiste !

Je l'écoutais en le regardant, et en regardant une nouvelle fois ma toile. Il continua :

   - Sa capacité à faire transparaître l'horreur vers les zones les plus noires de son âme. Et vous semblez avoir cette noirceur en vous Jack. Vous entendez les voix des ténèbres. Ça crève les yeux.

Muet, je regardai ma toile à nouveau et le regardai en lui demandant :

   - Vous me l'achetez ?

   - Combien ?

   - Je n'en sais rien.

Malcolm sortit son chéquier de son veston ainsi qu'un stylo, prêt à noter le montant que j'allais lui donner.

   - Disons… Deux.

   - C'est une insulte à votre talent, mais tant pis.

Malcolm remplit le chèque, se leva et me le donna. La somme notée sur le chèque était bien

supérieure à celle demandée. Je lui fis remarquer :
- Non ! Deux cents
- Considérez le reste comme une avance pour la suivante. Je paierai vingt milles pour la prochaine toile.
Étonné, je lui demandai :
- Vous êtes sérieux ?
- Je place de très grands espoirs en vous.
- Je ne sais pas si je suis prêt à peindre encore dans ce style.
- Oh, mais je vous garantis que vous l'êtes … et vous allez progresser.
À ce moment-là, je me posais beaucoup de questions. Étais-je vraiment prêt à recommencer ? L'homme sur cette toile, c'était un accident… Et puis d'un côté il ne manquerait à personne. Avais-je vraiment cette noirceur en moi ? Suis-je vraiment capable de tuer quelqu'un de sang-froid ? Je fus coupé dans mes réflexions par le majordome qui arriva avec deux coupes de champagne sur un plateau. Malcom me tendit une coupe :
- Non merci, répondis-je.
Après tout, il n'était que 10h du matin. Il insista :
- N'ayez pas peur Jack. Ne me refusez rien.
Je pris la coupe un peu de force et trinqua avec lui tout en regardant mon tableau.

8

Appartement de Jack, le 21 juillet 1988, Londres.

Le soir même, je me remis à peindre. Je repensais à l'homme que je venais de tuer pour retrouver cette étincelle, cette passion, ce goût à la peinture. Rien n'y faisait. J'étais devant ma toile en sueur. Je regardais le tabouret dans l'espoir de retrouver l'inspiration qu'essayait de m'insuffler Charonne. J'étais tellement mal que j'avais des sortes d'hallucinations. Je la voyais assise, à prendre différentes poses, mais rien n'y fit. Je lâchai mes pinceaux et alla prendre la bouteille de whisky sur ma table basse. Elle était vide. Je la jetai et sortis pour aller en chercher une autre.

Je descendais les escaliers quand la voisine du premier ouvrit sa porte en m'entendant passer. C'était une femme âgée, constamment cloîtrée chez elle. Elle était le plus clair de son temps vêtue de sa robe de chambre verdâtre, une clope au bec et toujours là, à essayer d'inciter les gens à boire avec elle. Elle vivait seule depuis quelques mois, depuis la mort de son époux et essayait d'oublier sa peine dans le whisky. Elle me regarda, sa tasse d'alcool à la main et me balança :

- Eh l'artiste ! Eh ! Puisque tu sors tu pourrais me prendre une bouteille de whisky, comme ça on la boirait ensemble ?

Elle me tendit un billet de vingt livres et poursuivit :

- À condition que cette fois tu arrêtes de dire que tu boiras plus.
- Cette fois, c'est moi qui offre.

Surprise et n'ayant pas sa langue dans sa poche, elle ajouta :

- Ah oui ? T'as tué quelqu'un ?
- J'ai vendu une de mes toiles, rétorquais-je.
- À des gogos qui ont du pognon à gaspiller.

Elle but un coup et toussa. Je pris assez mal cette dernière réflexion. Je regardai tous les cartons empilés devant sa porte et je lui demandai :

- Vous jetez toutes ces affaires ?
- Non je vais les descendre à la cave et plus tard je les vendrais, ça aidera à payer mon loyer. Non, mais t'imagines, je vais devoir trimbaler ça dans les escaliers à pic et aux marches glissantes.

Je regardais les escaliers.
Elle continua :

- C'est un coup à tomber et à me briser le cou ça !

Une idée malsaine me traversa l'esprit. Je la regardais et dit :

- Un coup de main ?

Elle accepta volontiers.
Nous arrivions à hauteur de la cave. Les escaliers étaient encore plus abrupts que ceux des logements. Je la poussai avec ses cartons à la main. Elle dévalât les escaliers et finit sa chute empalée sur une vieille paire de cisailles rouillées qui traînait. Les cisailles lui perforèrent un des poumons et plusieurs organes. Elle hurla de douleur. Je la contemplais, telle une œuvre d'art, du haut des escaliers. Au bout de quelques longues secondes, elle semblait être enfin morte. Je descendis quelques marches, sortis mon appareil photo et commençais à prendre quelques clichés. J'attrapais un vieux récipient à côté d'elle et commençais à le remplir de son sang en allant le chercher directement à sa blessure. Elle se réveilla soudainement et m'étrangla en hurlant avec ses mains ensanglantées. Tout en essayant de me défaire de son étreinte, je photographiais ses dernières expressions. Elle mourut pour de bon en lâchant d'elle-même son étreinte. Je la laissais dans un coin sombre, monta les escaliers et condamnai la porte de la cave. Je savais pertinemment que personne n'irait dans cette cave dans l'immédiat, car personne n'osait mettre ses affaires sous peine de les voir disparaître. Je remontai chez moi sans ma bouteille et commençai à peindre mon chef-d'œuvre.

J'y avais pris goût. Je commençais à devenir moi même. Libéré. Peut-être Malcolm avait-il raison après tout. J'étais peut-être comme ça au fond de moi. S'ensuivirent de nombreux meurtres non résolus aux quatre coins de la ville. La police était comme impuissante. J'étais devenu un tueur en série et un artiste-peintre d'un tout nouveau genre.

9

Quelques semaines plus tard, Conférence de presse, Londres.

La police impuissante face à une telle vague de meurtres fit venir un inspecteur chevronné spécialisé dans les meurtres. D'après ce que l'on disait, il n'avait jamais laissé de criminel en liberté. Il se nommait White. J'avais à la fois de l'admiration en le voyant et en même temps une certaine crainte. Comme tout criminel je ne voulais évidemment pas me faire attraper. Comme je le disais, la police était dépassée. J'avais fini par tuer n'importe qui. Aucun point commun entre les victimes. Elles étaient jeunes, vieilles, des femmes, des hommes et même à l'occasion des adolescents sans plus prendre la peine pour certain de les camoufler. Ils étaient perdus. J'avais hâte comme beaucoup de gens de découvrir ce nouvel inspecteur...

À quelques minutes de la conférence de presse, White était dans les toilettes face au miroir. Tout transpirant, il s'humidifia le visage.

Alexander de son prénom n'était pas un adepte de la foule. C'était un loup solitaire d'une quarantaine d'années. Il était très mystérieux. Beaucoup de flics parlaient à son sujet quant à ses méthodes. Il paraîtrait même qu'un des criminels en fuite qu'il traquait n'avait jamais été retrouvé. Il sortit un petit sachet en plastique et en sortit une pilule. Il l'avala. Une femme tapa à la porte et entra l'informer que la conférence allait commencer.

C'est là que je le vis pour la première fois. À la télévision. Tout le monde regardait cette chaîne. Je le vis se diriger vers le pupitre en haut d'une scène. De nombreux journalistes étaient présents pour couvrir l'événement. Il commença son discours :
- J'aimerais tout d'abord vous parler de John Wilkes Booth, l'assassin d'Abraham Lincoln. Douze Jours. C'est le temps qu'il a fallu pour le trouver. Dans le journal qu'il tenait alors, il disait que l'obscurité était son amie ; la nuit son domaine. Il reconnaissait que quelles que soient les psychoses qui ont amené le criminel à l'acte, elles sont amplifiées, sublimées par la peur des autorités sur ses talons. La peur devient paranoïa et la paranoïa se transforme en psychose. Je vous parle de cela, car durant les 140 ans qui nous séparent de cet événement, l'état d'esprit d'un meurtrier recherché n'a pas changé, non, le criminel est toujours un humain.

Il a toujours peur et ne reculera devant rien pour échapper à son arrestation. Heureusement pour nous tandis que notre proie a pour allié l'obscurité et la nuit, nous avons beaucoup plus efficace ; la télévision. Et j'encourage tous les citoyens qui nous regardent, toute la population, à nous aider à mettre la main sur ce meurtrier. Toute information contribuant à son arrestation sera récompensée. Je terminerai en disant que la vague de meurtres qui a frappé récemment la ville de Londres représente un acte criminel d'une gravité sans précédent, que nous ne pouvons en aucun cas tolérer. Et je tiens à vous garantir personnellement que j'arrêterai l'auteur de ces meurtres, celui surnommé par la presse *«Le boucher »*

Pendant son discours, je le regardais attentivement. Muet. Je me dis alors que ça allait devenir très intéressant. La partie d'échec entre nous était lancée...

10

*Appartement de Jack, le 29 août 1988,
Londres.*

Il était à peu près quatorze heures quand j'entendis frapper à ma porte. Étant toujours en train de dormir, je n'y fis pas vraiment attention la première fois. Voyant que ça continuait avec instance je grognais :
- Ouais qui est là ?
- Une amie oubliée.
Je reconnus la voix de Charonne, et me levais en vitesse en criant :
- Ouais, une minute, une toute petite minute.
Je courus dans tous les sens pour récupérer les clichés de mes victimes mortes à côté de ma toile ainsi que les récipients remplis de sang que je m'empressais de ranger dans un placard de la cuisine. Je finis par recouvrir ma toile d'un grand chiffon puis je me dirigeais enfin vers la porte. Je l'ouvris et elle me regarda en me disant :
- Vous ne venez plus aux réunions depuis des semaines et vous ne répondez pas au téléphone.
Je regardais bêtement en direction du téléphone.
- Non je travaillais.

Elle entra et me dit :
- Sur mon portrait, j'espère…
- Non, j'ai un bon client. Il a pris plusieurs toiles et commandé une autre.
- Oh, mais ça, c'est une bonne nouvelle. Et qu'est ce qu'il vous a commandé ?
Ne voulant rien lui dire je restais vague sur le sujet :
- Ben, il veut une toile très spéciale pour compléter son décor.
- C'est formidable, mais j'espère qu'il vous laissera finir mon portrait.
Elle se dirigea dangereusement vers la toile. Je la stoppai net en criant :
- Ne touchez pas à ça !!! Charonne, je ne serai pas capable de faire votre portrait, je… Je ne le sens pas en moi.
- Il ne faut pas dire ça. Vous avez besoin d'avoir confiance en vous, c'est tout.
Énervé part toutes ses bonnes paroles je me mis en colère :
- Vous allez arrêter ce joli discours dégoulinant de gentillesse, ça me dégoûte. Vous êtes prête à me dire n'importe quelle niaiserie dans le seul but de me sortir de là, pas vrai ?
Je me dirigeais vers ma toile et ôta le torchon tout en la regardant.
- Vous ne me connaissez pas ! Rajoutais-je.
- Si je vous connais.
Charonne m'embrassa. Nous nous regardâmes puis nous nous embrassâmes à nouveau et nous

couchions ensemble. Tout en faisant l'amour, elle lâcha :

- Jack. Oh Jack. Je t'aime. Laisse-toi aller, ne te défends pas. Oui, laisse-toi aller. Ne lutte pas. Je t'aime. Arrête de te défendre.

Pendant que je la regardai me chevaucher et me dire cela, j'entendis la voix de Malcolm sortir de sa bouche :

- Jack laisse sortir ce qu'il y a en toi.

J'étais en train de perdre la tête. Je la pris par les cheveux, passa au-dessus d'elle et commença à l'étrangler. Je vis tout à coup la tête de Malcolm à la place de celle de Charronne qui me dit :

- Que se passe-t-il, le mauvais côté ressort ?

Puis il rigola. J'attrapai le réveil près de la table de chevet de l'autre main prêt à l'assommer pour qu'il disparaisse quand j'entendis Charonne crier :

- Jack, non !

Je la lâchais et m'assis à côté d'elle. Elle s'assit aussi. Charonne resta dans le lit, silencieuse. Je m'excusais et me rhabillais.

- Tu vas où ? me demanda-t-elle timidement
- Attends-moi ici s'il te plaît.

Je pris la toile, la recouvris et me dirigea vers la porte avant de finir :

- J'aimerai te voir ici à mon retour. Ne t'en va pas. Ah et je t'ai laissé un jeu de clefs comme ça tu pourras passer quand tu veux.

Je partis …

Je pensais que cette fille était importante pour moi. J'en tombais petit à petit amoureux. Et si elle avait raison ? Et si grâce à elle je pouvais retrouver cette inspiration qui faisait de moi ce brillant artiste d'autrefois sans avoir à tuer quiconque… Je gardais cette idée dans un coin de ma tête.

11

Morgue, le 29 août 1988, Londres.

L'inspecteur White se rendit à la morgue. Il partit à la rencontre du légiste :
- Vous avez quelques choses ?
- Rien ! Ou du moins pas grand chose. Des traces de peinture sous l'épiderme de certaines victimes, mais pas d'empreintes. La peinture est classique donc difficile de savoir où elle a pu être acheté exactement. Nous avons des milliers de magasins qui en vendent. Rien de bien utilisable. À part celle-ci, on dirait qu'on lui a coupé une mèche de cheveux.
White resta silencieux quelques secondes et continua :
- Le problème voyez vous c'est qu'il ne suit aucun critère comme on a pu le voir dans de nombreuses affaires de tueur en série. Lui il pourrait tuer le premier venu. On dirait qu'il se cherche encore.
Alexander resta examiner toutes les victimes de près pendant de nombreuses minutes puis il

partit en disant :
- OK merci n'hésitez pas à me contacter si vous avez des informations supplémentaires.

Alexander monta dans sa voiture, appela la cellule d'enquête pour savoir s'il avait des messages et conclut en précisant qu'il ne voulait pas être dérangé pendant les prochaines heures. Il prit ensuite la route en direction de Bradford et partit y voir une vieille connaissance.

12

Bradford, le 29 aout 1988, Maison du docteur Joseph Brown.

White arriva près d'une demeure isolée à la sortie de Bradford. Il descendit de sa voiture et se dirigea discrètement vers la porte d'entrée. C'était une belle maison en bois assez mal entretenue. Le porche était rempli de feuilles d'arbres mortes et de nombreux tas de poussières. Il se décida à frapper.
- Joseph, c'est Alexander. Je sais que tu es là, j'ai entendu la télévision.
- Oui je sais, je t'ai entendu arriver, répondit l'homme.
- Tu peux m'ouvrir s'il te plaît, que l'on puisse discuter ?
On entendit le verrou se tourner à deux reprises puis un homme âgé d'une soixantaine d'années ouvrit la porte. White entra. Le docteur et son invité se dirigèrent vers la cuisine. Le Dr Brown prépara deux tasses de thé vert à la menthe puis

en tendit une à Alexander. Ce dernier demanda :
- Alors comment vas-tu ?

Le docteur le regarda et lui répondit simplement :
- Ca va merci et toi ? Des nouvelles de ta femme ?
- Non, répondit White en buvant une gorgée de son thé.

En effet, Alexander avait divorcé à cause de son travail. Autrefois, l'inspecteur White et lui faisaient équipe sur certaines affaires compliquées. Le docteur Brown, lui, avait de multiples cordes à son arc. Il était médecin, avait des qualités de légiste grâce à sa formation en médecine légale et était un très fin psychiatre. Il arrivait avec facilité à dresser le portrait psychologique d'un meurtrier. Il s'était retiré à quelques années de la retraite après le décès brutal de sa fille et de sa femme dans un accident de voiture.

Le docteur Brown attendait impatient de connaitre la véritable raison de la venue de White. Certes, il était très content de le voir après ces nombreuses années, mais il savait que sa venue concernait le boulot.

Alexander regarda sa tasse et continua :
- Malgré le fait que je sois très content de te revoir, je suis aussi venu pour te demander de l'aide sur une affaire en cours…
- Je suis désolé Alexander, mais c'est non, interrompit le Dr Brown.

White essaya d'attiser sa curiosité en continuant :

- Plusieurs meurtres, aucun lien entres les victimes, on a aucune empreinte…

Le docteur Brown le regarda et finit en disant :

- Non. Je suis désolé. Tout cela c'est derrière moi.

- Bon très bien, conclu l'inspecteur White, tu sais où me trouver si tu changes d'avis. Je suis très content de t'avoir revu Joseph.

À ces dernières paroles, White lui laissa une copie des dossiers de l'enquête, espérant secrètement qu'elle le fasse changer d'avis, puis le remercia et reprit la route pour Londres.

13

Villa Mayflower, le 29 août 1988, Londres.

Je rejoignis Malcolm près de sa piscine. Il me prit la toile des mains, la posa contre un muret et la contempla :
- C'est magnifique Jack. Ça dépasse tout ce que j'avais espéré. Vous commencez là une brillante carrière.
Voulant arrêter tout ça je lui répondis :
- Non, non Mayflower, c'est la fin ! C'est la dernière toile que je fais pour vous.
- Vous n'êtes pas sérieux ?
- Très sérieux, je veux seulement me faire payer et comme ça on aura tous les deux ce qu'on voulait.
Il essaya tout de même de me convaincre :
- Jack, Jack. Vous êtes à la veille de la célébrité. Vous avez un talent unique. Le monde entier va bientôt l'apprécier. Ne vous arrêtez pas comme ça. Si c'est cet inspecteur qui vous chagrine ne vous en faites pas il ne remontera jamais jusqu'à vous.
- Cela n'a rien à voir. Je vous le répète, c'est terminé. Cette toile c'est la dernière, je n'en ferai pas d'autres.
Il essaya de m'appâter :
- Bon ! Moi qui espérai vous offrir cent

mille livres pour la prochaine... Je crois que vous n'avez pas encore exorcisé votre mauvaise moitié.

- Non écoutez, je sais que ceci ne va pas marcher, lui répondis je.

- Réfléchissez à votre cas. Vous n'êtes pas homme à vous satisfaire de sentiments ordinaires. Vous ne serez jamais inspiré par des choses banales comme l'amour, l'amitié... Vous voulez plus que ça, hein ?

J'étais perdu. Je continuai :

- Je vous demande seulement mon chèque.

Il me le remit, mais tout en me le tendant et en ne le lâchant pas il ajouta :

- Il y a tellement d'argent à gagner pour vous.

Il le lâcha enfin. Je le regardai et conclu :

- Je n'ai pas besoin de tant, lui dis-je en m'en allant.

- Oh ça c'est ce que vous dites... On se reverra Jack, cria-t-il.

14

Bradford, début de soirée, le 29 aout 1988

    Le docteur Brown finissait de préparer sa délicieuse blanquette de veau tout en écoutant du Beethoven. Il adorait particulièrement la septième symphonie. Il se servi un verre de vin rouge et s'installa à table. Tout en dégustant son repas, il prit connaissance de l'enquête. Il regarda les photos des victimes, lu les rapports d'enquête et d'autopsie et s'arrêta net. Il prit une gorgée de vin, referma les dossiers, appela un taxi et parti pour Londres. En chemin, il envoya un SMS de son vieux portable à l'inspecteur White :

« C'est d'accord ! Je suis en route. Je descends à l'Hôtel Saint Sébastien. Retrouve-moi là-bas. »

Hôtel Saint Sébastien, 21H50, Londres

Le docteur Brown attendait White devant ce luxueux hôtel. Alexander arriva avec sa voiture quelques minutes plus tard. Il regarda Joseph avec un sourire de soulagement. Le docteur monta et lui dit :
- Je ne te promets rien. Je suis juste là pour un jour, ou deux, ou peut- être une semaine. Je m'en vais dès que je le décide. On est bien d'accord ?
- Absolument.

Ils partirent tous deux en direction de la morgue. White tenait à ce que le docteur Joseph Brown voit les corps pour avoir un deuxième avis en quelque sorte.

Morgue quelques minutes plus tard…

L'inspecteur White présenta le Docteur Joseph Brown au légiste qui sortit pour les laisser travailler. Le docteur regarda en détail les corps des victimes. Après de longues minutes, il dit à White :
- Je pense que la personne que tu recherches est un jeune homme d'une vingtaine d'années. Je ne pense pas qu'il ait plus de trente ans.

Aussi atroce soit chacun de ses meurtres, ils sont précoces, réalisés sans aucune maitrise. Il manque considérablement de force. Tu as absolument raison quand tu précises qu'il se cherche encore. Tu devrais te pencher aussi vers les milieux de l'art ou le bâtiment voir à quoi peut correspondre cette peinture retrouvée sous les ongles de certaines des victimes.

Le légiste entra informer White et le docteur Brown que la presse était devant la morgue. L'inspecteur regarda Joseph en lui disant qu'ils avaient de quoi les faire patienter en attendant de nouveaux éléments. Le docteur était un peu agoraphobe et donc très mal à l'aise devant tant de monde. Il en fit part à l'inspecteur qui lui dit :
- Ne t'en fait pas, je commence à avoir l'habitude. Reste à côté de moi.

Il sortir de la morgue. L'inspecteur répondit aux quelques questions de la presse et m'envoya par la même occasion un message, n'hésitant pas à me provoquer. Je le découvris bientôt.

15

Appartement de Jack, 29 août 1988, 22h45, Londres.

Après la discussion que j'avais eue plus tôt avec Malcolm, je devais avouer que j'étais perdu. J'étais tiraillé par plusieurs sentiments. D'un côté il y avait cette fille, Charonne, que je commençais à apprécier beaucoup et d'un autre Malcolm, qui me payait plus que bien les toiles que je lui amenais et qui me promettait de revenir sur le devant de la scène avec mes œuvres. Sans parler maintenant de cet enquêteur qui fouinait partout. Je devais réfléchir, faire attention à mes déplacements sans laisser aucune trace.

Arrivé chez moi, je vis un message posé sur ma table de travail. C'était un message de Charonne m'informant qu'elle avait dû partir, mais qu'elle reviendrait demain pour se rattraper en me faisant un bon petit dîner. Je décidai de me remettre à la peinture essayant de faire le portait de la jeune femme tant convoité par cette dernière. Je m'énervais, gribouillant son portrait et renversant la toile et mes affaires par la même occasion. Je fis une pause. Je m'assis sur mon fauteuil, décapsulai une bière et allumai la TV. Je vis une autre interview de l'inspecteur se déroulant devant la morgue. Décidément, ce mec adorait passer à la télé me dis-je à moi même. Je montai le son et écoutai :

« ...la personne responsable des meurtres de Fiona Gallager, Alice Monereau, Sarah Quey, Joseph Rollet ainsi que les autres contacte le numéro spécial de la police et s'il est capable de prouver sans le moindre doute qu'il est bien celui qu'il prétend être, alors il obtiendra la possibilité d'avoir une conversation seul à seul avec moi. »

Je mis la télévision en sourdine fixant le regard de mon rival tout en réfléchissant.

Si il pense que je suis à ce point stupide pour l'appeler directement au commissariat, il se met le doigt dans l'œil, mais si il tient vraiment à me parler, je trouverai un moyen de te contacter, me dis je à moi-même. Je remis le son et j'entendis :

«... D'après le docteur Joseph Brown qui m'aide sur cette enquête, le meurtrier serait âgé entre 20 et 30 ans ... Nous vous donnerons d'avantage de détails un peu plus tard... »

Dans un élan de colère, je jetai la bière que j'avais dans la main sur la télévision et décidai de sortir prendre l'air, pour réfléchir à ma position.

16

*Le Gordon's Wine bar, le 29 août 1988,
Londres.*

J'étais assis seul dans un coin à réfléchir et à siroter une bière quand une femme d'une trentaine d'années me rejoignit éméchée. Je n'avais vraiment pas le temps d'être embêté par une femme, qui plus est ivre. J'avais déjà assez d'ennui comme ça. Je faisais face non pas à un mais deux adversaires. Cette dernière m'accosta tout de même :
- Bonsoir, je n'ai pas arrêté de vous regarder depuis un petit moment. Vous êtes seul ?
Je la regardai sans trop y prêter attention.
J'avais besoin de tranquillité. Elle continua :
- Je m'appelle Mégane et vous ?
Sachant que quoique je fasse elle ne partirait pas je lui répondis :
- Jack !
- Que diriez-vous d'aller chez vous Jack histoire de prendre un dernier verre ?
Sèchement, je lui répondis :
- Non merci
Elle approcha sa main de moi et me caressa le bras en ajoutant :
- Vous êtes sûr ? Je peux me montrer très douce vous savez....

Je la regardais longuement, muet. C'était une misérable mouche qui venait sans le savoir de se coincer dans ma toile. Je n'avais plus qu'à la tuer. Et puis je pourrai toujours me servir d'elle pour envoyer un message à l'inspecteur White et à son nouvel ami, le docteur Brown. Je lui répondis au bout d'un moment :
    - C'est d'accord.

17

Appartement de Jack, le 29 août 1988, Londres.

Nous arrivions à mon appartement. Le dernier verre n'était qu'un prétexte. Elle se jeta sur moi en m'enlevant mon t-shirt. Je n'étais vraiment pas d'humeur pour ça. Je passais au-dessus d'elle, l'embrassais et lui jetais un sourire malsain tout en l'étranglant. Elle se débattit pendant de longues secondes, ses lèvres changèrent de couleur puis elle lâcha son dernier soupir. Je la déshabillai et la traînai dans la salle de bain. Je la mis dans la baignoire, ouvrit l'eau et remplis le bain. Elle était dans la baignoire en position assise, l'eau jusqu'aux épaules. Je revins dans la salle de bain avec un couteau de cuisine et l'égorgea. L'eau devint rouge sang. Je me surpris même pendant une fraction de seconde à lécher mes doigts ensanglantés. J'étais comme possédé et avais l'impression par moment de n'être plus moi-même.
Je récupérai un peu de sang dans un récipient. Le contraste avec la salle de bain blanche donnait un spectacle magnifique. Je pris mon appareil et pris plusieurs clichés. Après un bon moment, je lavai le corps muni de gants pour

enlever toute empreinte de ma part. Une fois propre et séchée, je lui peignis les ongles des doigts avec le sang de mes anciennes victimes. Mon œuvre était presque achevée. Celle-ci n'était pas un tableau de plus, non, celle-ci était un message.

18

Morgue, le 30 août 1988, Londres.

J'avais le corps de la fille dans le coffre de ma voiture. J'étais garé à quelques mètres de la morgue en pleine nuit, guettant la sortie du légiste. Après de longues minutes, il s'absenta, oubliant de fermer derrière lui. J'avais sûrement quelques minutes avant qu'il ne revienne. Le parking était désert. Je sortis difficilement le corps de la jeune femme et la traina jusqu'à la salle d'autopsie. Je la mis en position assise contre les frigos et lui mis une bière à la main. J'écrivis avec son sang sur les frigos :

A LA SANTE DE WHITE ET BROWN

Je remontai dans ma voiture. Quelques secondes plus tard, le légiste retourna à la morgue. Il était parti se chercher quelque chose à manger. Espérons que mon petit cadeau à l'inspecteur White et au docteur Brown ne lui coupera pas l'appétit, me dis-je à moi même. Je partis. À la vue du cadavre, le légiste appela l'inspecteur White et le Dr Brown. On les vit arriver quelques minutes plus tard. Le légiste lâcha timidement à l'inspecteur :

- On dirait que votre petite interview d'hier a fait mouche. Il vous envoi clairement un message là.

Alexander resta muet, prit une photo et ordonna au légiste d'examiner le corps. Le docteur s'approcha de White et lui dit :

- En tout cas, ça prouve que j'avais parfaitement raison quant à l'âge du tueur, il est très immature. À la seule provocation, il s'est senti obligé de répliquer.

On vit arriver une voiture de police. Un flic en civil entra en trombe dans la morgue.

- Eh toi ! S'adressant à l'inspecteur White.

Il eut à peine le temps de se retourner que le policier remonté lui mit un coup de poing dans la figure et rajouta :

- Si tu ne jouais pas les plus malins avec tes interviews à la con, cette jeune femme serait encore en vie.

Alexander se releva, l'attrapa et le bloqua contre un des frigos mortuaires.

D'un ton maîtrisé et très calme, il lui dit :

- Écoute-moi bien, si tu ne veux pas te retrouver là-dedans tu me laisses faire mon travail. On s'est bien compris ?

Le flic changea de couleur. Il était devenu tout pâle. Il approuva du regard puis partit de la morgue, tremblant. Tous les autres policiers sur place restèrent sans voix. Même le docteur Brown n'osa rien dire. White les regarda en colère et leur balança :

- Qu'est ce que vous avez tous à me regarder ? Vous n'avez pas du travail ? Et tant que vous y êtes, convoquez-moi tous les peintres répertoriés dans cette ville. Je veux qu'on les interroge un à un. Je me fous du temps que cela prendra ! Puis il s'en alla.

Quelques jours plus tard…

J'étais tranquille chez moi quand mon téléphone sonna. Je décrochai. C'était un policier. Ma tension artérielle augmenta. Je me posais de nombreuses questions à ce moment-là. Impossible, me dis-je, qu'ils soient remontés si vite jusqu'à moi. Je repris mon calme et écoutai le policier qui me demandait de venir au poste le plus proche pour quelques questions. Je ne pouvais pas refuser, ça aurait était plus que suspect. Je m'y rendis.

19

Poste de police, Salle d'interrogatoire, le 31 août 1988, Londres.

J'étais dans une salle d'interrogatoire, seul, à attendre que l'on vienne me poser ces fameuses questions. J'étais sûr de moi. Assis face à un miroir sans teint. Je baillais d'ennui quand un policier entra. Il prit place en face de moi et commença son interrogatoire. C'était un homme d'une quarantaine d'années, dégarni à la mine fatiguée. Il commença :
- Vous avez des enfants ?
- Non, lui répondis-je.
- Quelle est votre profession ?
Comme s'il l'ignorait ! Me dis-je à moi même.
- Artiste-peintre.
- Et où étiez-vous dans la soirée du samedi ?

« Il pense vraiment que ses questions vont marcher... »

Je repris :
- J'étais chez moi, seul, à peindre avec la musique à fond.
- Quelqu'un peut le confirmer ?
- Ma voisine de palier. Elle a certainement entendu la musique.

Derrière le miroir, un inspecteur essaya de joindre ma voisine. Je continuais :
- Après avoir peint, j'ai mangé...
- Qu'avez-vous mangé ? Vous vous en rappelez ?
Je regardais le policier dans les yeux et lui répondis :
- Je ne m'en souviens pas.
Sachant qu'il y a la date et l'heure sur la mémoire des pages internet il me posa la question :
- Vous avez utilisé internet ?
- Non pas que je me souvienne…

« Quelle bande d'amateurs, s'ils pensent qu'ils vont me coincer aussi facilement » me dis-je à moi même.

Le policier qui avait appelé la voisine entra un dossier à la main et le donna à son collègue puis ressortit. Je regardais le dossier et le policier fixement. Il continua :
- Nous n'avons aucunes traces d'antécédents vous concernant à Londres, Mr Lewis.
- J'ai passé mon enfance dans différents foyers d'accueil.
- Pouvez-vous m'écrire les noms de ces foyers et les dates auxquelles vous y étiez s'il vous plaît.
Je lui écrivis les noms sur une feuille de papier, sachant qu'ils ne pourraient rien contre moi en

exploitant cette piste-là. Il continua son interrogatoire.
- Où étiez-vous la nuit dernière Mr Lewis ?
- La nuit dernière ? Pourquoi ? Qu'est-ce qui s'est passé ?
- Répondez simplement à ma question.
- Je suis resté chez moi. Je me suis couché tôt.
Je lui tendis la feuille avec les noms des foyers. Il conclut l'interrogatoire en me demandant :
- Seriez-vous prêt à nous autoriser à prendre vos empreintes digitales ainsi qu'un échantillon d'ADN, et ce, à titre volontaire ?
Je le regardais, sûr de moi :
- Bien sûr !

J'attendis quelques secondes puis un policier me demanda de le suivre.
J'empruntai un couloir. J'étais pensif. Le regard dans mes baskets, plein de rage intérieure, me demandant si j'avais commis une erreur ou non. Je levais les yeux et aperçus White de dos au bout du couloir discutant avec le Dr Brown. Tout en continuant d'avancer, je le fixais. Alexander se retourna. Nous nous regardions tous les deux. Nous n'étions qu'à quelques pas l'un de l'autre. Le policier s'était arrêté à une porte en m'appelant. Je n'y avais pas prêté attention, fixant toujours White du regard. Le policier arriva vers moi et me dit :
- Monsieur, Monsieur…, C'est par ici.

À bientôt ! Pensais-je en moi-même.

20

Une heure plus tard, Archives municipales.

Certains bruits couraient sur White. Je décidais de faire une petite enquête sur son passé au cas où il m'arrêterait. Je partis aux archives municipales. Je tombais sur de nombreux articles qui le pointaient comme un des meilleurs inspecteurs de sa génération. Tous les criminels qu'il avait arrêtés, cela forçait l'admiration, il avait eu d'ailleurs une récompense. On parlait aussi beaucoup de son ami, le Dr Brown qui était en quelque sorte l'ombre de White sur certaines enquêtes à succès. Une petite radio allumée dans la salle des archives passait un petit bout d'une interview avec ce dernier :

« Ce fugitif livre un combat permanent. Pas seulement contre moi mais aussi contre lui-même. Il doute de chacune de ses décisions. Est-ce que je tourne à gauche ? Ou je tourne à droite ? Est-ce que je reste ? Est-ce que je pars ? Mon travail est de savoir comment il répondra à ses questions. Une guerre ne peut se gagner que si l'on connaît parfaitement son ennemi. On peut alors l'affronter avec des

armes infaillibles… »

Je tombais tout de même au bout d'un moment sur une tache noire au tableau. Elle était bien planquée, mais visible. Il y avait une affaire qu'il n'avait apparemment pas résolue. Celle du fugitif nommé David Willer. À ce qu'il disait sur la presse de l'époque, White abandonna du jour au lendemain. Je trouvais ça très étrange pour quelqu'un qui ne pouvait se permettre de laisser filer un criminel. Je découvris également qu'il était divorcé. Je décidais de pousser mon enquête. Je trouvais l'adresse de son ex-femme et la sienne et m'y rendis.
Il habitait une petite banlieue tranquille. Bien entendu, il n'était pas présent. Je décidais d'interroger ses voisins. Il y avait une vieille dame, un peu commère qui regardait tout ce qui pouvait se passer autour de chez elle. Elle habitait cette maison depuis toujours. Elle m'offrit une tasse de thé et nous discutâmes. Je me fis passer pour un policier qui se renseignait sur son voisin pour une récompense pour services rendus pendant toutes ses longues années. Elle accepta volontiers de répondre à mes questions, sans me demander ma plaque, trop heureuse d'avoir une personne avec qui parler. Je lui demandai comment elle le trouvait, si elle avait noté quelque chose de bizarre dans son comportement, etc.… D'après ses dires, il

avait un comportement exemplaire. Je partis en la remerciant.

Je rendis ensuite visite à son ex-femme. Je m'habillais d'un de mes costumes que j'avais gardé pour paraître plus sérieux. Je me garai et allai sonner à sa porte. Une belle femme m'ouvrit la porte.

- Madame Pamela White ?
- Oui.
- Inspecteur Merrick. C'est au sujet de votre mari, madame.
- Je suis étonnée. Vous venez me voir pour vérifier les antécédents d'Alex.
- Procédure habituelle. Nous faisons cette vérification lorsque qu'un inspecteur va se voir promu à une autorisation d'accès très élevée.
- Oh ça je sais. J'ai eu droit à cet exercice pour sa dernière promotion mais étant donné que nous sommes divorcés vous comprenez que je ne m'intéresse plus du tout à sa carrière.
- Je dois rendre ça dans la soirée alors je vous promets de ne pas abuser de votre temps.
- J'ai déjà donné trop de temps à mon ex-mari, monsieur Merrick.

Voyant que l'ambiance était tendue je me montrai compréhensif :

- Je vois. Ce travail est très destructeur pour une famille. Nous le savons tous. Mon ex-femme est un agent et, disons que je peux vous comprendre.
- Promettez-moi qu'il ne saura pas que je

vous ai parlé.
Je la rassurai :
- C'est totalement confidentiel. Mais puis-je vous demander pourquoi ?
- Tout à fait sincèrement ? Il me fait peur.

Nous reprîmes la discussion devant une tasse de thé vert.
- Et vous connaissez bien Alex ?
- Il me connaît mieux que je ne le connais, répondis-je évasivement.
- Il est très fermé c'est certain. Il n'a pas toujours été comme ça. Durant les toutes premières années de notre mariage il était même, comment dire, romantique. Oui, et soudainement, du jour au lendemain…
- Du jour au lendemain ?
- Il a complètement changé. Il est devenu comme obsédé par la solitude.
- Il voulait divorcer ? Continuai-je.
- Il voulait divorcer. Il ne voulait plus me voir dans la maison, plus me voir dans sa vie. Il m'a quitté. Il nous a quitté tout les deux.
Elle regarda une photo d'elle avec un petit garçon.
Je repris :
- Vous avez dit qu'il vous faisait peur ? Pourquoi ?
- Il s'est mit à agir très bizarrement. Il passait son temps à faire du jardinage alors que jusque là c'était un maniaque de la propreté, il

pouvait jeter une paire de chaussure uniquement parce qu'elle était éraflée. Voila, pourtant il restait pendant des heures dans la boue avec d'énormes sacs d'engrais et de potasse.
Je réfléchissais à ce que me disais Pamela et me dit qu'il n'avait en faite pas abandonné son enquête dans la poursuite de David Willer. Il l'avait trouvé et même tué. Son corps devait être surement dans leur jardin.
Elle poursuivit.
   - Nous venions de refaire notre gazon. Il a tout labouré pour y mettre un parterre de fleurs. Je suis allé le voir un jour pour lui parler et il est devenu comme hystérique. Il s'est mit à hurler. Il me disait de ne pas m'approcher du jardin. Il disait que c'était le sien.
Pamela craqua.
   - Si vous le souhaitez nous pouvons faire une petite pause.
Elle reprit.
   - Tout ce que je voulais c'était une explication. Savoir pourquoi tout c'était arrêté tout subitement. Et tout ce qu'Alex pouvait dire c'était :

« Il se produit parfois des événements qui échappent totalement à notre contrôle. »

   Nous fîmes une petite pause. Pamela parti dans la cuisine un moment. Je pris son portable qui était sur le meuble du salon. Nous reprîmes.

- Et si vous me parliez un peu de David Willer.
- David Willer ? C'est vraiment utile ?
- Oui c'est le seul fugitif à avoir réussi à échapper à votre ex-mari.
- Alex ne pensait qu'à le capturer. Ca l'obsédait. Mais avec ce que Willer faisait à ses victimes c'était normal. Il ne travaillait plus sur cette affaire, il a fait ça pendant un an. Mais je ne pense pas que se soit le stress causé par cette traque qui ait provoqué son changement de comportement.
- Pourquoi ?
- Parce qu'Alex a changé après avoir suspendu les recherches. Je m'en souviens comme si c'était hier. Il est entré dans la cuisine et après douze ans de mariage, il m'a dit de quitter cette maison à l'instant même sans attendre. Je n'oublierai jamais cette date. C'était le 15 juin.
Je repensai à l'article que j'avais vu plus tôt ou il était marqué :

« David Willer, disparu depuis mi-juin »

Tout concordait parfaitement. Il n'y avait plus aucun doute sur ma théorie.
- Je crois que ça devrait suffire.
- Mais vous m'avez rien demandé sur son passé et sur ses études, je crois que c'est la procédure.

- Ils l'ont fait en amont. Je dois remettre toutes ces informations à mes supérieurs hiérarchiques.
- A vos supérieurs hiérarchiques vous dites ?
- Ce sont eux qui gèrent ces contrôles.
- Pas depuis le remaniement du 6 Mars monsieur Merrick. C'est le bureau des renseignements qui les gèrent maintenant. Le dernier contrôle d'Alex était de leur ressort.
Je rétorquai sur de moi :
- Quand un inspecteur est nommé au poste de votre ex-mari, c'est du ressort d'EOS, comme avant. Ah l'administration. Merci pour le thé.
Je partis de la maison.

Quelques instants plus tard…

Je me garai dans un coin et appela White avec le portable que j'avais récupéré plus tôt. White regarda son téléphone, vit le nom de son ex-femme et décrocha.
- Pam, je ne peux pas te parler maintenant.
- Vous préférez que je rappel ?
- Qui est-ce ?
- Oh je crois que vous le savez.
- Je vous jure que si vous avez touché à Pam ou à mon fils …
- Non. Ils vont très bien tout les deux. Bien

que Pam semblait vous en vouloir de l'avoir quitté comme ça. Mais vous n'aviez pas le choix. N'est ce pas ? Vous ne pouviez pas la laisser découvrir la vérité.

- La vérité à propos de quoi ?
- David Willer. Vous vous rappelez ? Celui qui c'est envolé. A part qu'il n'est pas allé très loin. Non.
- Tu perds les pédales.
- Peut-être. Je vais essayer de me mettre à votre place. Supposons que ce soit moi qui ai arrêté Willer. Je ne crois pas que j'aurais pu remettre ce psychopathe à la justice comme si de rien n'était. Pas après m'avoir damé le pion pendant si longtemps. Pas après m'avoir humilié.
- Tu as pris un coup de soleil sur le crane petit.
- La police ne vous paie pas trop mal mais pas assez pour détruire un gazon très cher et fraichement semé, sauf si vous aviez un trou à faire. Quelque chose à cacher ou bien quelqu'un. D'où ces gros sacs de potasse. N'est ce pas ? Car il y a deux sortes de potasse. De petites quantités de la première en font le meilleur ami du jardinier et d'énormes sacs de la seconde peuvent dissoudre un cadavre. White transpirait. Il savait à présent que je connaissais son petit secret. Il me répondit :
- Tu devrais te mettre à écrire des polars.
- Je ne sais pas ce qu'il en est pour vous,

mais moi si j'avais enterré quelqu'un dans mon jardin, je crois que j'y penserai tout le temps. Je me dirai que je devrais peut être déplacer le cadavre. Mais je me souviendrais que l'ADN se repend dans le sol. Donc même si le corps disparaissait la preuve de ce que j'ai fait serait toujours présente. J'imagine très bien ce que vous vivez. Je suis moi-même un meurtrier après tout. L'angoisse, toujours la peur au ventre, c'est plus qu'un homme peut supporter. Je vous donne une chance. Abandonnez la partie. Laissez moi fuir et en retour je garderai votre petit secret. Qu'est ce que vous en dites ?
- Que tu es un homme mort !
- Je sais que ce n'est pas comme ça que vous voulez que ça se passe mais il se produit parfois des événements qui échappent totalement à notre contrôle. Cet événement est l'un de ceux la. Bonne continuation.
- On se verra bientôt. Oh et se sera peut être plus tôt que tu ne le crois.
Je raccrochai.

Je fis également, quelques recherches sur son ami, le Dr Joseph Brown. Il était discret, mais était à mon humble avis le cerveau. Mahonne lui devait en grande partie sa réputation actuelle. Je me mis à réfléchir silencieusement :

« À l'heure actuelle, si je devais me faire

attraper, ce serait grandement grâce à ce Dr Brown. Si je ne l'élimine pas maintenant de l'échiquier, je risque de me retrouver rapidement derrière les barreaux. De plus, si j'arrive à me débarrasser de Brown, l'inspecteur sera surement tellement accablé par cette nouvelle qu'il n'aura plus l'esprit clair pour cette enquête. Je n'ai pas le choix. Je dois tenter le tout pour le tout. L'idéal, ce serait de maquiller cela en accident, pour que White m'oublie et court après l'assassin de son ami. Je vais y réfléchir. Je dois trouver une solution. »

21

Appartement de Jack, le 10 septembre 1988, Londres.

Je décidais de rentrer chez moi après ma petite enquête sur l'inspecteur White et du Dr Brown. Je ne le savais pas encore, mais Charonne était chez moi, en train de m'attendre, allongée sur le lit en feuilletant de vieux magazines d'art. Elle m'attendait depuis un petit moment, déjà impatiente de me voir arriver pour me mijoter le plat qu'elle m'avait promis. Ne me voyant pas arriver, elle décida d'aller dans la cuisine pour voir les ustensiles que j'avais à disposition. Elle ouvrit les placards et commença à chercher. Je rentrai in extrémiste avant qu'elle ait pu ouvrir le placard qui contenait le sang et les photos de toutes mes victimes. Transpirant, je lui dis que je n'étais pas dans mon assiette et que je préférais remettre ça à demain. Elle me regarda avec un grand sourire, me demandant quel plat me ferait le plus plaisir pour qu'elle puisse venir avec le matériel adéquat nécessaire, car cette dernière avait bien vu que je n'avais que très peu d'ustensiles de cuisine. N'ayant pas d'idée et étant toujours sur le coup de chaud que je venais d'avoir face au placard de la cuisine, j'esquissais un sourire en lui proposant de me surprendre. Elle accepta, m'embrassa et partit en me souhaitant une bonne soirée.

    Un peu plus tard dans la soirée, je pris mon téléphone et appela Malcolm Mayflower. Je lui exposai les raisons que j'avais à me débarrasser du Dr Brown. J'avais besoin de lui pour financer une personne acceptant de l'abattre en échange d'une de mes nouvelles toiles. Après m'être mis d'accord sur les conditions, je raccrochai. Malcolm avait accepté en échange du tableau où l'on voyait le Dr Brown mort, ce qui impliquait que je sois présent pendant son meurtre. Malcolm envoya son homme à tout faire se renseigner sur les habitudes du Dr Brown et voir où il logeait.
Quelques heures plus tard, il me rappela, m'informant de ce qu'il savait. Je n'avais plus qu'à trouver un plan bien ficelé pour en finir. Je réfléchis pendant de longues minutes et trouva enfin. J'avertis Mayflower pour lui exposer le plan et lui dire où devrait se trouver son homme puis raccrocha. Demain s'en sera fini de tout ça me dis-je pensif.

Arrêt de bus de Cromwell Road, le 11 septembre 1988, Londres.

Mon plan était parfait. Je montais dans le bus deux arrêts avant le Docteur Joseph Brown. Ce dernier monta à son tour. Un homme à capuche le suivit et monta également dans le bus. Nous repartîmes. J'étais assis derrière le Dr Brown. Tout se déroulait comme prévu jusqu'à maintenant. L'homme à capuche sortit une arme et tira une fois en l'air. Il se dirigea à l'avant du bus et dit au chauffeur de ne pas s'arrêter. Il feinta vouloir voler toutes les personnes. Tout le monde s'exécuta. Il arriva à hauteur de Joseph qui refusa d'obéir et qui essaya de lui faire entendre raison. L'homme le regarda pendant quelques secondes et lui mit deux balles dans la poitrine. Le chauffeur freina brusquement en plein milieu de la chaussée. Il ouvrit les portes et l'homme parti en courant. Les passagers sortirent tous en hurlant ainsi que le chauffeur. Je pris mon appareil dans mon sac et le pris en photo. L'homme était toujours en vie. Il respirait difficilement. Je me baissai, souri et lui chuchotai :

« Échec et mat ».

L'homme me regarda dans un dernier soupir. Telle une symphonie, mon plan c'était déroulé à la perfection. Qu'il donne ou non son argent, le docteur Brown était condamné. Je parti rejoindre l'assassin dans une petite rue à quelque pâté de maison come je lui avais ordonné. Je ne voulais aucune preuve. Je ne voulais pas prendre le risque qu'il se fasse arrêter et qu'il me balance moi, ou Malcolm. Je pris le couteau que j'avais glissé dans ma poche et le poignardai. Je me débarrassai de son corps en soulevant une plaque d'égout et en le jetant à l'intérieur. C'était mieux ainsi. J'informai quelque temps après Mayflower que tout c'était déroulé comme prévu et que son homme était mort. White allait désormais courir après un fantôme ce qui me laisserait un peu de temps pour respirer.

Quand j'y repense avec le recule, Mayflower avait raison. J'étais devenu un tueur de sang-froid. Il y a quelques mois, je ne l'aurai jamais cru, mais cette noirceur était vraiment là, à l'intérieur de moi.

White apprit la nouvelle quelques heures

plus tard. Il était accablé, comme prévu, par la disparition de son ami.

Plus tard ce soir-là… Quelque part dans une ruelle sombre, Londres.

    Alexander entra dans une ruelle sombre, fit quelques mètres et s'arrêta. Il patienta quelques minutes puis vit un homme à capuche dans son rétroviseur s'approcher. L'homme monta côté passager, sortit un petit sachet en plastique rempli de petits cachets et redescendit. White se détendit et prit un cachet. Après le meurtre de son ami, le Dr Joseph Brown, l'inspecteur White avait baissé un peu les bras. Accablé par cette nouvelle, il n'avait trouvé comme solution que d'affronter son chagrin avec la drogue qu'il prenait depuis maintenant un certain temps. La pluie commençait à tomber. Il resta là, pensif, éteignit le moteur, écoutant le bruit des gouttes qui tapaient contre la carrosserie de son 4X4 noir, sans un mot.

Appartement de Jack, le 11 septembre 1988, Londres.

    Ma journée s'était déroulée comme prévu.

Je venais de me débarrasser de l'un de mes adversaires. J'appelai Charonne pour m'excuser encore une fois en lui précisant que je serai absent pendant deux jours et qu'on remettait ce repas au soir de mon retour. Quant à l'autre, me dis-je, il ne devait plus avoir l'affaire entre les mains avec ce qu'il venait d'arriver. Je me sentais léger. En cette fin de soirée, je décidai de prendre une petite bière dans un bar avant de rentrer.

Cimetière de Brompton, Le 13 septembre 1988, Londres.

L'inspecteur White ainsi que quelques personnes assistèrent aux funérailles du Dr Joseph Brown. La pluie commença à s'abattre sur eux. Les gens partirent petit à petit. Au bout d'un moment, Alexander se retrouva seul, complètement trempé sous une pluie battante. Il sortit son petit sachet et avala quatre petits cachets. Cette dose était beaucoup plus forte que ce qu'il prenait habituellement. White s'en voulait de ce qui était arrivé au Dr Joseph Brown et ceci le hantait depuis la mort de ce dernier. Il se dirigea ensuite vers la tombe de la femme et la fille du docteur. *« Je suis désolé »* dit-il tout, dégoulinant agenouillé a terre.

L'inspecteur White se dirigea vers la sortie puis prit place dans sa voiture. La pluie était de plus en plus violente. Il s'enfonça dans son siège et ferma les yeux, écoutant la pluie tomber. Il les rouvrit au bout d'une minute, ouvrit les dossiers de l'enquête qui étaient posés sur le siège passager et les feuilleta dans l'espoir de trouver un élément qui lui aurait échappé. Au bout d'un petit moment, son regard resta figé scrutant le trottoir d'en face. Il déposa les dossiers, enleva ses lunettes, se frotta les yeux et regarda de nouveau. Il voyait le Dr Brown en face de lui. Cette hallucination lui venait de la forte dose de cachet qu'il venait de prendre plus tôt. Il le savait, mais sortit tout de même de la voiture en courant sous la violente pluie qui tombait, afin de rejoindre le trottoir d'en face. Quand il mit un pied sur le trottoir, la silhouette qu'il avait aperçu avait disparue. Il regarda dans toutes les directions autour de lui et le ré aperçu un peu plus loin. Il se remit à courir. Il couru après jusqu'à rejoindre une ruelle sombre. Il regarda devant lui puis derrière, mais plus rien… Essoufflé, il s'adossa à un mur. Malgré la pluie, on pouvait y sentir une forte odeur d'urine. White se ressaisit et leva la tête. De vieilles affiches taguées et déchirées étaient collées sur les murs. Une parmi elles attira son attention. Il y était écrit :

« Exposition d'art macabre
Présentée par :
Malcolm Mayflower.»

Mais ce qui lui sauta aux yeux ce fut l'un des tableaux, exacte réplique d'un des meurtres commis en ville. Il arracha l'affiche, puis rejoignit sa voiture pour se rendre à la cellule d'enquête.

24

Pendant ce temps, Appartement de Jack, Londres.

    Je décidais de profiter de mon temps libre et partit prendre un thé.
Au même moment Charronne arrivait dans mon appartement avec les courses et ustensiles nécessaires pour le repas qu'elle tenait à me préparer depuis déjà quelques jours. Elle prépara un plat qu'elle affectionnait : le bœuf à l'asiatique. Elle commença à éplucher quelques carottes, des oignons et des poivrons puis les découpa en dés. Elle finit par prendre le bœuf qu'elle découpa en fine lamelle. La préparation de son plat était presque prête.
Sirotant mon thé je me rappelai soudain que j'avais dis à Charonne de venir faire son repas-surprise aujourd'hui. Après le drame qu'avait failli se produire quelques jours plus tôt quand elle fouillait dans mes placards, je ne pouvais pas prendre le risque qu'elle le découvre et je m'attelais à rentrer le plus rapidement possible.
Finissant son plat, elle cherchait dans mes placards du sel ou du poivre pour l'assaisonner.

C'est là que Charonne découvrit mon vrai visage. Elle tomba sur plusieurs photographies et un récipient rempli de sang. Elle regarda les photos, horrifiée. J'arrivai chez moi essoufflé. Elle ne m'avait toujours pas remarqué. Je lui pris les photos des mains en arrivant derrière elle. Elle me regarda avec terreur.
- Charonne ! Lui dis-je calmement.
Elle ne me lâcha pas du regard, apeurée. Je continuais, d'un ton calme :
- Laisse-moi t'expliquer.
Elle saisit un couteau de cuisine et le pointa vers moi. Toujours aussi calme, je lui dis :
- Charonne, ne me regarde pas de cette manière. C'est terminé tout ça. Charonne j'ai besoin de toi ! Charonne !!!
Elle sortit de la cuisine, se dirigea vers la porte d'entrée en lâchant son arme puis partit en courant. Je la poursuivis en l'appelant. Arrivée à l'intersection d'une ruelle sombre, elle ne fit pas attention et se fit heurter par un taxi qui ne s'arrêta pas. Je m'approchais d'elle en courant. Elle était en sang, inconsciente. Je pris ma voiture et l'emmena le plus vite possible à l'hôpital.

Quelques heures plus tôt...

Malcolm Mayflower avait suivi Charonne

toute la journée, voulant voir de ses yeux pour qui son jeune protégé voulait arrêter de peindre. Il vit cette jeune femme Charonne sonner chez moi. Sans aucune réponse de ma part, il vit qu'elle avait le double des clefs et la vit entrer. Il envoya son chauffeur voler une vieille voiture de taxi puis en prit possession et attendit patiemment la sortie de Charonne. Son homme de main, qui attendait aussi sa sortie pour avertir son patron, lui fit un signe quand il la vit sortir en courant. Malcolm démarra en trombe, arrivant à vive allure et renversant la jeune femme. Il était fier de lui. Sans cet obstacle, il pensait que je pourrais être libéré de mes émotions et me dévouerai entièrement à la peinture.

25

St Thomas'Hospital, le 13 septembre 1988, Londres.

J'arrivais à l'hôpital avec ma voiture le plus vite possible. Les infirmiers prirent en charge Charonne. Je la retrouvai quelque temps après, elle était allongée dans un lit, presque inanimée, branchée à plusieurs tuyaux. Je la regardais à travers la vitre de sa chambre. Le docteur sortit. Je l'interrogeais :
- Alors ?
- Alors, le cortex cérébral est gravement endommagé. Ça m'étonnerait qu'elle passe la nuit.
- Faite quelque chose pour elle.
- Écoutez, nous avons le meilleur neurochirurgien de la région, il va arriver. C'est lui qui nous dira si elle a des chances. Si quelqu'un peut la sauver, c'est lui. Le problème monsieur, c'est que cette femme n'a pas d'assurance. Sa famille n'a pas d'argent et ce genre d'opération est très difficile. Ça revient forcément très cher.
- Vous direz à votre docteur de faire l'opération et moi, moi je me charge de payer. Je ne voulais vraiment pas que Charonne meurt même si elle connaissait mon terrible secret. Il

y avait aussi de grandes chances pour qu'elle ne s'en rappelle plus après le coup violent qu'elle venait de recevoir. Je devais tout faire pour la sauver, quitte à ce que je me fasse arrêter. Je l'aimais.

Je sortis de l'hôpital et me dirigeai vers ma voiture pour m'en aller, quand j'aperçus un homme sur le parking avec un attaché-case fermer sa voiture et se diriger en direction de l'entrée de l'hôpital.
Le temps était compté, je n'avais pas d'autre choix que de faire appel à mes pulsions. Je me cachai derrière un fourgon, étranglai l'homme quand il arriva à mon niveau et lui défonçai le crâne à coups de pierre. Heureusement pour moi le parking était sombre et désert à cette heure. Je le tirais jusqu'à une ruelle sombre non loin. Je pris ce que je trouvais sur place, en l'occurrence un vieux morceau de carton et pris un pinceau que je gardais dans ma poche, commençant à prendre du sang avec afin de peindre dessus. Pris part le temps je lâchais le pinceau et pris directement le sang ainsi que des morceaux de cervelle avec les doigts et en étalais partout sur le carton. Ma pire des œuvres était enfin prête. Il ne me manquait plus qu'à l'apporter à Malcolm Mayflower.

26

Villa Mayflower, le 13 septembre 1988, Londres.

Je donnais le carton à Malcolm en vitesse qui le contempla avec extase. Il me dit :
- Vous m'apportez un grand bonheur.
Pressé par le temps je répondis :
- Je veux les cent mille livres tout de suite !!!

Une heure plus tard...

Alexander W. qui avait fait quelques recherches sur ce milliardaire et qui avait exposé sa théorie et les faits à la cellule d'enquête arriva à la résidence de Malcolm M. escorté de la police et l'embarqua pour l'interroger. Avant de fermer la portière du véhicule de police, il se pencha vers Malcolm Mayflower et lui dit :
- On va avoir des choses à se dire nous deux !

27

Salle d'interrogatoire, Poste de police de Brixton, le 11 septembre 1988, Londres.

Alexander observa de longues minutes Malcolm derrière la vitre sans teint avant de rentrer l'interroger. Il était tout seul dans cette aile du bâtiment. White avait donné des ordres précis à la police et ne voulait en aucun cas être surveillé ou dérangé sauf pour une information capitale qu'il ne détenait pas. Il entra dans la pièce avec un dossier dans la main et s'assaillit en commençant l'interrogatoire :
- Vous êtes catholique ?
Malcolm le regarda sans dire un mot. Il continua :
- Difficile cette religion, toute cette culpabilité. Mais ce qui est bien c'est la confession. Quelque soit ce qui nous ronge on n'a qu'à tout lâcher. Je dois reconnaître que ça soulage. Le fait de dire je crois, d'être entendu par un autre…

Il fût coupé par Malcolm qui tapa du poing sur la table.

- Je n'ai rien à vous dire !
- Et si moi j'avais quelque chose à vous dire. Un secret que personne d'autre ne connaît. David Willer.

Malcolm le regarda fixement. White poursuivit en avouant ce que je soupçonnais :

- C'est quelqu'un que j'ai traqué il y a plusieurs années. Malin comme un singe ou un démon. Il me filait toujours entre les doigts. Ça devenait un peu comme un jeu, une partie d'échecs. Ça aurait pu même devenir amusant s'il avait renoncé à faire des victimes tout au long de sa route. Les cadavres s'ajoutaient aux cadavres et j'ai commencé à me dire que tout ça arrivait à cause de moi. Parce que je ne faisais pas mon travail, parce que je n'étais pas assez intelligent. Je n'ai jamais pu arrêter cet homme parce que j'ai dû renoncer. Je voyais des choses la nuit, des cadavres, les cauchemars m'empêchaient de dormir. Je perdais complètement le contact avec la réalité…

Il sortit son petit sachet de cachet et en prit deux, les aligna sur la table l'un à côté de l'autre et continua :

- D'où l'intérêt de mes petits camarades. Grâce à eux je peux continuer la partie. Voilà, vous savez tout. J'ai libéré ma conscience. Vous devriez essayer.

Malcolm le regarda, s'avança vers lui et dit :

- C'est exactement comme tout à l heure, je n'ai rien à vous dire.
- Vous savez qui il est n'est-ce pas ?
- Si vous cherchez une balance, je crois que vous vous trompez de personne.

Malcolm était bien décidé à ne rien dire pour me protéger et il comptait aussi beaucoup sur l'aide de ses avocats pour le tirer d'affaire. Alexander sortit les photos du dossier et les étala sur la table en lui disant :
- J'essaie seulement de vous épargner un peu de culpabilité. Voilà de quoi est capable votre protégé.

Malcolm regarda les photos, silencieux. Alexander conclut :
- Si vous refusez de me dire où il est, il tuera encore et le sang répandu, se sera vous qui l'aurez sur la conscience et personne d'autre. La confession, ça peut parfois être une bonne chose

Alexander sortie de la salle en laissant les photos étalées sur la table.

Malcolm était de nouveau seul dans la petite pièce en train de regarder les photos des meurtres que j'avais commis. Il n'était pas dégouté, mais admirait mon travail. Cependant, comprenant au bout d'un long moment que son avocat n'arriverait jamais, il réfléchit à ce que venait de lui dire White. Il ne voulait pas risquer de partir en prison à cause de moi. Derrière la porte de la salle d'interrogatoire,

White attendait patiemment que son discours agisse.

Au bout de quelques heures, Alexander rentra dans la salle avec une bouteille d'eau à la main qu'il posa sur la table.
- Je te propose un marché en or. Aucune peine d'emprisonnement pour ta complicité avec lui et si tu veux on met ça par écrit. Libre et pas de sang sur les mains. D'accord ?
Malcolm garda la tête baissée et écouta Alexander puis avoua :
- Il s'appelle Jack Lewis. Il est venu me vendre une de ces toiles un jour et m'en a rapporté d'autres par la suite que je lui payais grassement. Il a une petite amie, Charonne Chervalier dont il est tombé amoureux, le fruit pourri qui gâche un si beau talent...
Alexander le regarda, décrocha son téléphone et demanda de faire une recherche sur cette dénommée Charonne.
Quelques minutes plus tard, une policière toqua et entra dans la salle d'interrogatoire :
- Excusez-moi Monsieur, un meurtre vient d'être signalé à côté du St Thomas'Hôpital. Je pense que ça va vous intéresser, il est similaire aux autres et d'après les policiers sur place il y aurait un pinceau plein de sang à côté du cadavre.
Alexander regarda fixement Malcolm puis le policier continua :

- Ah et pour votre demande, Charonne Chervalier est actuellement hospitalisée dans le même hôpital, entre la vie et la mort.
Malcolm sourit et rajouta :
- On dirait qu'il s'est enfin décidé à embrasser totalement son côté sombre, qu'est ce que vous dites de cela White ?
Alexander se leva de sa chaise, s'approcha de Malcolm et lui murmura :
- On va se revoir, je vous le garantis. On n'en a pas fini tous les deux.
Alexander n'était pas dupe. Certes, j'étais peut-être un tueur en série, mais pourquoi tuer quelqu'un que j'aimais. Malcolm, sans le savoir, venait de se vendre tout seul.

Le St Thomas'Hôpital, le 13 septembre 1988, Londres.

J'arrivai avec ma voiture à l'hôpital, me dépêchant d'amener le chèque que m'avait fait Malcolm. À mon arrivée, la police était présente, mais je ne pris pas le temps de m'en préoccuper. Alexander interrogeait déjà le docteur que j'avais vu plus tôt :
- Et ça s'est passé à quelle heure ?
- Euh, c'était au début de la soirée.
- Et vous alors…

Je coupais l'inspecteur en m'adressant directement au docteur. White s'écarta, me regardant et allant rejoindre les policiers un peu plus loin.
- Tenez, regardez moi ça !! J'ai l'argent !! Demain à la première heure vous aurez le fric.

Le docteur me regarda avec un air désolé avant d'ajouter :
- J'ai bien peur qu'il ne soit trop tard Mr Lewis. Le chirurgien qui aurait pu sauver Mlle

Chervalier est mort il y a quelques heures.
Surpris, je lâchais :
- Quoi ? !!
Le docteur conclut :
- Oui, une espèce de malade l'a attaqué juste en face d'ici et lui a fracassé le crâne. Je suis désolé.

Le docteur s'éloigna. Je réalisais d'un coup que l'homme que je venais de tuer plus tôt pour sauver Charonne était son chirurgien. La seule personne qui pouvait la sauver. J'étais effondré, transpirant. L'inspecteur White me regarda du coin de l'œil et dit à ses hommes :
- Vous avez bien compris ?
- Oui Monsieur ! Répondirent-ils.
Je me dirigeais lentement vers la vitre de la chambre de Charonne. Je vis les infirmières mettre un drap pour recouvrir le corps de Charonne. Charonne était morte. L'inspecteur White se dirigea vers moi avec le pinceau retrouvé sur la scène de crime, le pinceau que j'avais lâché dans la précipitation. Je savais pertinemment que c'était la fin pour moi. Il s'approcha et me dit :
- Euh, Mr Lewis…
Je me retournais vers lui qui me montrait le pinceau ensanglanté. Il ajouta en me regardant fixement :
- Je crois savoir que vous êtes un artiste, non ? Je t'avais bien dit que je finirais par

t'avoir…
Je me retournais face à la vitre de la chambre de Charonne sans rien dire. Notre partie d'échec venait-elle de prendre fin ? Certainement. Je venais de tuer la seule personne que j'aimais. Échec et mat…

Tribunal d'Old Bailey, Londres.

En règle générale, les affaires comme celle-ci mettent des années à être traité, mais vu l'ampleur qu'elle avait prise et l'encre qu'elle avait fait couler, ils s'étaient dépêchés de la juger.

J'étais menotté dans une voiture banalisée au centre d'un convoi. Devant et derrière nous se trouvait une voiture de police ainsi que deux motards. À notre arrivée devant le palais de justice, une horde de journalistes jonchait les marches afin de ne pas perdre une miette de ce procès qui fut l'un des plus grands jugé jusqu'à aujourd'hui. Sans vouloir me vanter, j'avais foutu une sacrée merde. Je me tenais donc dans cette voiture, menotté solidement avec l'inspecteur White à mes cotés. Il me regarda et me posa une question :
- Ça valait vraiment le coup ?
Je le regardais silencieux sans lui répondre. Un

policier ouvrit la porte. Je regardais White en lui disant :

- Et toi Alex, l'affaire Willer, ça valait le coup ?

Il me regarda puis le policier me fit descendre de la voiture. White suivit le pas, m'escortant à travers la meute de paparazzis jusqu'à la salle d'audience. À la porte, il m'attrapa le bras et me dit discrètement :

- Attend...

Je lui lâchais un sourire en lui disant :

- On va vite se revoir…

Puis j'ajoutais :

- Toutes mes condoléances pour ton ami Brown.

Il se stoppa net, me regardant avancer dans la salle d'audience.

Le tribunal était bondé, entre les familles des victimes, la presse et les curieux qui venaient y assister. Je restais tête baissée en attendant mon jugement. Le juge entra et donna plusieurs coups de marteau pour faire taire l'assemblée. À chaque coup de marteau, je revis le visage de mes victimes. Je fus condamné à perpétuité. Je me retournai et regardai White. On m'écroua et m'emmena en prison.

30

Prison de haute sécurité de Belmarsh, Londres, quelques mois plus tard...

J'étais dans ma cellule sombre en quartier isolé, accroupi, tête baissée, les mains ensanglantées, cheveux longs et sales. Tous ces meurtres avaient fini par me hanter. Un surtout, celui de ma chère et tendre Charonne. Je peignis dans ma cellule ma dernière œuvre, son visage à l'aide de mon propre sang pour ne jamais l'oublier. J'avais enfin fini par faire le portrait qu'elle désirait tant…

31

Épilogue

Quatre ans plus tard...

J'avais conclu un pacte avec les services d'enquête interne et le MI6 concernant les agissements de l'inspecteur White. Je leur racontai ce que j'avais découvert et contre mon témoignage devant un tribunal, ils me placèrent dans une prison de luxe avec de nombreux avantages. Un monstre pour en arrêter un autre. Il était maintenant devenu le gibier qu'il avait passé tant de temps à chasser, recherché pour le meurtre de David Willer, découvert dans le jardin de son ex-femme. Après avoir appris que je l'avais donné, il avait littéralement disparu des écrans radars.

Le 1er octobre 1992, Londres.

Voici les dernières lignes de ma vie. Certes, elle ne fut pas rose et j'en suis le seul responsable, mais laissez moi vous racontez comment elle finit brutalement.

Je sortis donc de prison en cette première journée d'octobre. Descendant les marches extérieures de la prison je respirais un grand bol d'air frais et entre nous le dernier. Le MI6 m'attendait pour m'emmener dans ma nouvelle résidence afin que je puisse témoigner contre l'inspecteur White une fois qu'ils l'auraient attrapé. Alexander, qui était au courant de mon transfert contre sa dénonciation au service d'enquête interne et au MI6, m'attendait patiemment, posté trois cents mètres plus loin sur le toit d'un immeuble, armé d'un fusil sniper équipé d'un silencieux qu'il s'était procuré. Il avait changé d'apparence et était difficilement reconnaissable. Je mis mes lunettes de soleil et avançai. Il tira. La balle traversa ma tête. Je m'écroulais sur Des gens le sol. commençaient à pousser des cris à la vue de mon corps qui gisait sur le sol. Les agents du MI6 coururent vers moi et scrutèrent le haut des bâtiments sans trouver le tireur. White descendit du toit avec une mallette où l'arme était rangée, entra dans sa voiture, sortit son faux passeport de la boite à gants et se rendit à l'aéroport. Le MI6 mit un périmètre en place, mais ils ne mirent jamais la main sur le tireur.
Voilà comment il disparut définitivement de la circulation et comment je terminais ma vie. C'était peut-être la fin que je méritais après tout....

Trois mois plus tard, quelque part sur une plage du Panama.

Alexander White était assis sur le sable fin d'une plage du Mexique en short et chemise ouverte à boire des bières en admirant un coucher de soleil. Il savait que personne ne viendrait le chercher ici. Il pouvait désormais être qui il voulait et finir sa vie tranquillement.

A Charonne et mes victimes…

DAVID WILLER

PAINT BLOOD

Biographie

David Willer
Écrit ici son premier roman.
Acteur de court et long métrage et de téléfilm, notamment aperçu dans la série « Un village Français » et dans de nombreux court métrage indépendant, David Willer vient ici nous livrer son premier roman. Agé de vingt-sept ans, ce jeune homme originaire d'Aurillac, s'essai à la littérature dans une petite collection signé à son nom.

Auteur : *David Willer /* ***Droit d'auteur :*** *David Willer*

D'après Esia Kil Ya
Licence : *Creative Commons*

Edition : BoD - Books on Demand
12/14 rond-point des Champs Elysées, 75008 Paris
Imprimé par Books on Demand GmbH, Norderstedt, Allemagne
ISBN : 9782322041275
Dépôt légal : décembre 2015